Ye

8*8*8

ODES

SUR

LA GUERRE D'ORIENT,

Par Philibert **BARBE**,

(Agé de 17 ans).

TOULOUSE,

Imprimerie Gibrac OUVRIERS RÉUNIS,
Rue St-Pantaléon, 3, hôtel Laromiguière.

—

1854.

Imp. Gibrac OUVRIERS RÉUNIS r. St-Pantaléon, 3.

A NAPOLÉON III,

Empereur des Français.

꙰

Ma Muse, ô prince magnanime,
Allait exalter tes bienfaits,
Et, tirés d'un immense abîme,
Nous allions jouir de la paix,
Lorsque des confins de la terre,
Un cri féroce, un cri de guerre,
Est venu troubler l'univers ;
Un potentat, lâche et cupide,
A porté son regard avide
Sur Stamboul, la reine des mers.

Malheur à ce tyran barbare
Dont les crimes sont les hauts faits !
Malheur à ce pape tartare,
Souillé par d'horribles forfaits !...
Dieu, révolté de cette guerre,
Allait broyer de son tonnerre
Ce vil tyran de l'opprimé ;
Mais il a compris ta puissance,
Et pour aller venger Bysance,
Du haut des cieux il t'a nommé.

Louis ! c'est le ciel qui l'ordonne :
Va broyer ce lâche agresseur ;
Arrache l'indigne couronne
Du front de ce profanateur.
Le dieu des combats te protège
Contre ce pape sacrilège
Dont le règne est à son déclin ;
Lance enfin ton aigle intrépide,
Qui broiera l'aigle timide
Planant au-dessus du Kremlin.

Vole sur les champs de la gloire,
Avec tes sublimes enfants,
Et force toujours la victoire
A suivre tes pas triomphants ;
Va soutenir par ta vaillance
L'honneur de ta si belle France,
La reine de tous les pays ;
Et montre au cosaque sauvage,
Qui toujours a soif de carnage,
Ce que peut le vaillant Louis !

MASSACRE DE SINOPE.

Honneur à ces héros qu'enfanta la Turquie !
Gloire aux soldats martyrs de cette guerre impie !
    Honneur à ces fiers Musulmans
Qui, tombant sous le knout de lâches Moscovites,
Sont tous morts écrasés par des milliers de Schytes,
    Qui poussaient d'affreux hurlements !

Pour vous, lâches vainqueurs, après cette victoire,
Après ce guet-apens, par de beaux chants de gloire,
    Vous remerciez le Seigneur !...
Vous demandez à Dieu, sans honneur et sans âme,
De bénir vos exploits dans cette guerre infâme,
    De bénir le vil agresseur !

Un *Te Deum*... ô ciel ! quand la Turquie entière
Vient d'abaisser son front jusque dans la poussière
    Pour gémir sur tous ses enfants !...
Vous entonnez des chants après un tel carnage...
Mais ne voyez-vous point, là-bas, sur cette plage,
    Ces Turcs massacrés ou mourants ?...

Et sans pitié pour eux, tous ces dignes tartares,
Après un vil combat, un combat de barbares,
    Laissent les blessés à leur sort !...
Ils les laissent mourant sur le champ de bataille,
Après avoir sur eux fait vomir la mitraille
    Qui, chaque fois, portait la mort !...

Et lorsque furieux, sans raison dans leur rage,
Ils ont porté la mort, le deuil et le carnage
    Dans le sein d'une nation,
Ils comblent leurs forfaits par une ignominie,
En osant d'un Dieu juste et de paix infinie,
    Implorer la protection.

De ces forfaits, Russie, une tache exécrable,
Une tache éternelle, un nom ineffaçable
    A déjà souillé le vainqueur ;
Dès ce jour odieux, les peuples de l'Europe
Se souviendront toujours des crimes de Sinope,
    Ils en rappelleront l'horreur !

Gloire à toi, digne fils de notre belle France,
Noble enfant du pays de gloire et de vaillance,
    Qui refusas si noblement
D'insulter au vaincu par des chants de victoire !
Les Français garderont toujours dans leur mémoire
    Le nom de leur représentant.

Mais, fils de Mahomet, conservez le courage ;
Bientôt sur vos vainqueurs vous prendrez l'avantage ;
    Turcs, implorez notre Empereur ;
Il soutiendra vos droits, il vengera les crimes
Dont vous avez été les fatales victimes ;
    Du faible il est le protecteur !

A L'ARMÉE FRANÇAISE.

Soldats ! entendez-vous sur les confins du monde
Ces bruits sourds et lointains?... C'est la guerre qui gronde,
    Une guerre d'honneur :
Volez, jeunes Français, sur le champ de victoire,
Allez tous moissonner les palmes de la gloire,
    Les palmes du vainqueur.

Avec Napoléon, la France vous appelle :
Allez en Orient, allez vaincre pour elle,
    Pour elle, allez mourir.
Levez vos étendards, que l'honneur les conduise,
Prenez pour ralliement cette seule devise :
    « Sachons vaincre ou périr ! »

Allez avec l'Anglais soutenir la Turquie
Contre tous les efforts de l'injuste Russie ;
  Levez-vous , ô soldats!
Levez-vous , car au loin déjà le canon tonne !
Braves , ralliez-vous , votre France l'ordonne ;
  Volez tous aux combats !

Levez-vous en géants , levez-vous comme un homme
Pour défendre le Turc contre celui qu'on nomme
  Le lâche usurpateur.
Il voudrait, Nicolas, dicter des lois au monde.
Il voudrait dominer sur la terre et sur l'onde
  Par la seule terreur.

Les ennemis ont dit que notre Grande-Armée,
Que la France , à Moscou , fut jadis décimée
  Par les Russes du Nord...
Lavez-vous dans le sang de ce sanglant outrage,
Prouvez par vos exploits et par votre courage,
  Qui fut jadis plus fort.

Montrez à l'ennemi quelle est notre puissance,
Faites toujours briller les armes de la France
  Dont vous êtes les fils ;
Montrez en Orient le feu qui vous anime,
Et, Français, déployez le courage sublime
  Des vainqueurs d'Austerlitz !...

LE CZAR.

⁂

Eh quoi ! l'insolent Czar dans sa sotte arrogance
Ne voudrait point céder devant notre puissance,
  Devant notre valeur ?...
Il ne céderait point dans ces luttes infâmes
Qui soulèvent les cœurs et révoltent les âmes
  En les frappant d'horreur !...

Ce lâche usurpateur, ce despote vandale,
Croit-il nous écraser par la force brutale
  De son pied conquérant ?
Et croit-il du Français affaiblir le courage,
Parce que, le barbare, il a soif de carnage
  Sur son trône sanglant ?...

Des bords de la Néwa, du haut de sa puissance,
Il ose convoiter la superbe Bysance
       Et l'empire Ottoman ;
Et, l'assassin, suivi d'une horde effrénée,
Il pense sillonner la Méditerranée
       Un pied sur le Sultan !...

Il croit du monde entier renverser tous les trônes,
Il pense anéantir les superbes couronnes
       Des rois de l'Univers ;
Il pense que pour lui la victoire s'apprête,
Que, nouvel Alexandre, il marche à la conquête
       De l'empire des mers !...

Mais Czar, reviens à toi, l'ambition t'égare...
Regarde... à tes côtés la guerre se prépare,
       Vois ces bouillants Français...
Oseras-tu montrer tes légions esclaves,
Veux-tu les opposer à nos soldats si braves ?...
       Czar, demande la paix.

Oui, demandé la paix si tu tiens à ta vie,
Si tu tiens à garder l'empire de Russie
       Que tu veux agrandir.
Mais si tu veux lever l'étendard de la guerre,
Crois-tu que sur ton front la couronne de Pierre
       Pourra longtemps tenir ?

Non, car le Dieu puissant, le Dieu vengeur des crimes
Déjà depuis longtemps a compté les victimes
      Qu'a fait périr ta main ;
Il t'a déjà pésé dans sa juste balance,
Parce que l'innocent a demandé vengeance
      Contre son assassin !...

BOMBARDEMENT D'ODESSA.

Zéphirs, ne soufflez plus, oiseaux, faites silence ;
Ma Muse va chanter un triomphe récent ;
Ecoutez les hauts faits des vengeurs de Bysance,
    Des vengeurs du Croissant ;
Une ville ennemie, une ville barbare,
Assise sur les bords du fleuve Dniester,
Défiait notre flotte, et son aigle tartare
    Dominait sur la mer.

Se croyant à l'abri, ses bataillons esclaves
Osèrent défier nos vaillants étendards,
Et, leur montrant le knout, insultaient à nos braves
    Du haut de leurs remparts.
On comprit ces défis, on entendit leur rage...
Les enfants!... ils croyaient nous engloutir déjà,
Mais la flotte montra quel était son courage,
    En brûlant Odessa.

L'Anglais devient sublime et fait vomir la bombe
Sur les toits que déjà ne défend plus le port ;
Le Russe ne rit plus.... Chaque boulet qui tombe
    Chez lui porte la mort.
Les canons meurtriers vomissant les mitrailles,
Font voler des soldats qu'ils mettent en lambeaux
Et qui tombent bientôt broyés par les murailles
    Qui croulent dans les eaux.

Dans nos rangs alliés, Mars, le dieu de la guerre,
A paru pour lutter dans ce juste combat,
Et le Russe du Nord broyé par son tonnerre
    S'écriait : « Quel soldat !... »
Son bras sur nos héros étendait son égide
Pour les mettre à couvert des feux de l'ennemi,
D'un ennemi guidé par un despote avide
    Que l'enfer a vomi.

Et cependant au bruit de la foudre qui tonne
Les Russes ont mêlé le bruit de leur tocsin ;
L'Aigle de Nicolas que notre flotte étonne
    Fuit devant Hamelin.
Respectant le malheur, nos soldats magnanimes
Arrêtent aussitôt leur élan valeureux ;
Ils sont plus que héros, ils deviennent sublimes
    Et font cesser les feux.

L'Anglais, loin de venger les martyrs de Sinope,
Tout protestant qu'il est, enseigne la douceur
A ces hommes du Nord devant lesquels l'Europe
    A reculé d'horreur :
Après avoir vaincu l'ennemi de Bysance,
Il va tendre la main à ses captifs mourants
Qui mordaient la poussière, implorant la clémence
    De leurs vainqueurs si grands !

Odessa, par sa chute, a fait trembler le monde
Et le Czar a frémi de ce revers soudain ;
Il tremble, car il sait que la mine qui gronde
    Peut l'atteindre à la fin.
Il n'a plus le vertige, et son regard cupide
N'ose plus se porter au-delà de ces mers
Qu'il voulait sillonner, car son aigle timide
    A fui dans les déserts.

Et maintenant, Français, guidés par la victoire,
Allez porter partout votre étendard vainqueur ;
Commencez pour la France un avenir de gloire,
    Une ère de bonheur :
Et si vous succombez, frappés par la mitraille,
Succombez en héros, après un long combat,
Et sachez qu'un Français sur un champ de bataille
    Doit mourir en soldat !

www.ingramcontent.com/pod-product-compliance
Lightning Source LLC
Chambersburg PA
CBHW061434170626
46811CB00005B/2269